Gröls Verlage

„BÜCHER SIND WIE FALLSCHIRME. SIE NÜTZEN UNS NICHTS, WENN WIR SIE NICHT ÖFFNEN."

Gröls Verlag

Redaktionelle Hinweise und Impressum

Das vorliegende Werk wurde zugunsten der Authentizität sehr zurückhaltend bearbeitet. So wurden etwa ursprüngliche Rechtschreibfehler *nicht* systematisch behoben, denn kleine Unvollkommenheiten machen das Buch – wie im Übrigen den Menschen – erst authentisch. Mitunter wurden jedoch zum Beispiel Absätze behutsam neu getrennt, um den Lesefluss zu erleichtern.

Um die Texte zu rekonstruieren, werden antiquarische Bücher von Lesegeräten gescannt und dann durch eine Software lesbar gemacht. Der so entstandene Text wird von Menschen gegengelesen und korrigiert – hierbei treten auch Fehler auf. Wenn Sie ebenfalls antiquarische Texte einreichen möchten, finden Sie weitere Informationen auf www.groels.de

Viel Freude bei der Lektüre wünscht Ihnen das Team des Gröls-Verlags.

Adressen
Verleger: Sophia Gröls, Im Borngrund 26, 61440 Oberursel
Externer Dienstleister für Distribution & Herstellung: BoD, In de Tarpen 42, 22848 Norderstedt

Unsere „Edition | Kleine Klassiker" versammelt über hundert unbestrittene Klassiker der Weltliteratur in einem ästhetisch anspruchsvollen und handlichen Format.

Die Gröls-Klassiker-Editionen gehören heute mit ungefähr tausend Werken zu den größten Sammlungen klassischer Literatur im deutschen Sprachraum. Wir kultivieren und kuratieren damit einen der wertvollsten Bereiche der abendländischen Kultur. Kleine Auswahl:

Francis Bacon • Neues Organon • **Balzac** • Glanz und Elend der Kurtisanen • **Joachim H. Campe** • Robinson der Jüngere • **Dante Alighieri** • Die Göttliche Komödie • **Daniel Defoe** • Robinson Crusoe • **Charles Dickens** • Oliver Twist • **Denis Diderot** • Jacques der Fatalist • **Fjodor Dostojewski** • Schuld und Sühne • **Arthur Conan Doyle** • Der Hund von Baskerville • **Elisabeth von Österreich** • Das Poetische Tagebuch • **Friedrich Engels** • Die Lage der arbeitenden Klasse • **Ludwig Feuerbach** • Das Wesen des Christentums • **Fitzgerald** • Zärtlich ist die Nacht • **Flaubert** • Madame Bovary • **Theodor Fontane** • Effi Briest • **Robert Musil** • Über die Dummheit • **Edgar Wallace** • Der Frosch mit der Maske • **Jakob Wassermann** • Der Fall Maurizius • **Oscar Wilde** • Das Bildnis des Dorian Grey •

Mark Twain • Huckleberry Finns Abenteuer und Fahrten • **Anton Tschechow** • Die Möwe • **Ludwig Tieck** • Der gestiefelte Kater • **Feuerbach** • Das Wesen des Christentums • **Fitzgerald** • Zärtlich ist die Nacht • **Flaubert** • Madame Bovary • **Theodor Fontane** • Effi Briest • **Robert Musil** • Über die Dummheit • **Edgar Wallace** • Der Frosch mit der Maske • **Jakob Wassermann** • Der Fall Maurizius • **Oscar Wilde** • Das Bildnis des Dorian Grey • **Mark Twain** • Huckleberry Finns Abenteuer und Fahrten • **Anton Tschechow** • Die Möwe • **Ludwig Tieck** • Der gestiefelte Kater • **Jonathan Swift** • Gullivers Reisen • **Robert Louis Stevenson** • Die Schatzinsel • **William Shakespeare** • Othello • **Arthur Schopenhauer** • Die Kunst, Recht zu behalten • **Felix Salten** • Bambi • **Platon** • Der Staat • **Arthur Schnitzler** • Traumnovelle • **Friedrich Schiller** • Wilhelm Tell • **Karl May** • Winnetou • **Franz Kafka** • Der Prozeß • Platon • Verteidigungsrede • **Jules Verne** • Reise nachdem Mittelpunkt der Erde • **Leo Tolstoi** • Auferstehung • **August Strindberg** • Inferno • **Julius Stinde** • Familie Buchholz • **Wilhelm Raabe** • Die schwarze Galeere • **Friedrich Nietzsche** • Götzendämmerung • **Gotthold Ephraim Lessing** • Emilia Galotti *und viele weitere Werke….*

Franz Kafka

Blumfeld, ein älterer Junggeselle

Blumfeld, ein älterer Junggeselle, stieg eines abends zu seiner Wohnung hinauf, was eine mühselige Arbeit war, denn er wohnte im sechsten Stock. Während des Hinaufsteigens dachte er, wie öfters in der letzten Zeit, daran, daß dieses vollständig einsame Leben recht lästig sei, daß er jetzt diese sechs Stockwerke förmlich im Geheimen hinaufsteigen müsse, um oben in seinen leeren

Zimmern anzukommen, dort wieder förmlich im Geheimen den Schlafrock anzuziehn, die Pfeife anzustecken, in der französischen Zeitschrift, die er schon seit Jahren abonniert hatte, ein wenig zu lesen, dazu an einem von ihm selbst bereiteten Kirschenschnaps zu nippen und schließlich nach einer halben Stunde zu Bett zu gehn, nicht ohne vorher das Bettzeug vollständig umordnen zu müssen, das die jeder Belehrung unzugängliche Bedienerin immer nach ihrer Laune hinwarf. Irgendein Begleiter, irgendein Zuschauer für diese Tätigkeiten wäre Blumfeld sehr willkommen gewesen. Er hatte schon überlegt, ob er sich nicht einen kleinen Hund anschaffen solle. Ein solches Tier ist lustig und vor allem dankbar und treu; ein Kollege von Blumfeld hat einen solchen Hund, er schließt sich niemandem an, außer seinem Herrn, und hat er ihn ein paar Augenblicke nicht gesehn, empfängt er ihn gleich mit großem Bellen, womit er offenbar seine Freude darüber ausdrücken will, seinen

Herrn, diesen außerordentlichen Wohltäter wieder gefunden zu haben. Allerdings hat ein Hund auch Nachteile. Selbst wenn er noch so reinlich gehalten wird, verunreinigt er das Zimmer. Das ist gar nicht zu vermeiden, man kann ihn nicht jedesmal, ehe man ihn ins Zimmer hineinnimmt, in heißem Wasser baden, auch würde das seine Gesundheit nicht vertragen. Unreinlichkeit in seinem Zimmer aber verträgt wieder Blumfeld nicht, die Reinheit seines Zimmers ist ihm etwas Unentbehrliches, mehrmals in der Woche hat er mit der in diesem Punkte leider nicht sehr peinlichen Bedienerin Streit. Da sie schwerhörig ist, zieht er sie gewöhnlich am Arm zu jenen Stellen des Zimmers, wo er an der Reinlichkeit etwas auszusetzen hat. Durch diese Strenge hat er es erreicht, daß die Ordnung im Zimmer annähernd seinen Wünschen entspricht. Mit der Einführung eines Hundes würde er aber geradezu den bisher so sorgfältig abgewehrten Schmutz freiwillig in sein Zimmer leiten. Flöhe, die ständigen

Begleiter der Hunde, würden sich einstellen. Waren aber einmal Flöhe da, dann war auch der Augenblick nicht mehr fern, an dem Blumfeld sein behagliches Zimmer dem Hund überlassen und ein anderes Zimmer suchen würde. Unreinlichkeit war aber nur *ein* Nachteil der Hunde. Hunde werden auch krank und Hundekrankheiten versteht doch eigentlich niemand. Dann hockt dieses Tier in einem Winkel oder hinkt herum, winselt, hüstelt, würgt an irgendeinem

Schmerz, man umwickelt es mit einer Decke, pfeift ihm etwas vor, schiebt ihm Milch hin, kurz, pflegt es in der Hoffnung, daß es sich, wie es ja auch möglich ist, um ein vorübergehendes Leiden handelt, indessen aber kann es eine ernsthafte, widerliche und ansteckende Krankheit sein. Und selbst wenn der Hund gesund bleibt, so wird er doch später einmal alt, man hat sich nicht entschließen können, das treue Tier rechtzeitig wegzugeben, und es kommt dann die Zeit, wo einen das eigene Alter aus den tränenden Hundeaugen anschaut. Dann muß man sich aber mit dem halbblinden, lungenschwachen, vor Fett fast unbeweglichen Tier quälen und damit die Freuden, die der Hund früher gemacht hat, teuer bezahlen. So gern Blumfeld einen Hund jetzt hätte, so will er doch lieber noch dreißig Jahre allein die Treppe hinaufsteigen, statt später von einem solchen alten Hund belästigt zu werden, der, noch lauter seufzend als er selbst, sich neben ihm von Stufe zu Stufe hinaufschleppt.

So wird also Blumfeld doch allein bleiben, er hat nicht etwa die Gelüste einer alten Jungfer, die irgendein untergeordnetes lebendiges Wesen in ihrer Nähe haben will, das sie beschützen darf, mit dem sie zärtlich sein kann, welches sie immerfort bedienen will, so daß ihr also zu diesem Zweck eine Katze, ein Kanarienvogel oder selbst Goldfische genügen. Und kann es das nicht sein, so ist sie sogar mit Blumen vor dem Fenster zufrieden. Blumfeld dagegen will nur einen Begleiter haben, ein Tier, um das er sich nicht viel kümmern muß, dem ein gelegentlicher Fußtritt nicht schadet, das im Notfall auch auf der Gasse übernachten kann, das aber, wenn es Blumfeld danach verlangt, gleich mit Bellen, Springen, Händelecken zur Verfügung steht. Etwas derartiges will Blumfeld, da er es aber, wie er einsieht, ohne allzugroße Nachteile nicht haben kann, so verzichtet er darauf, kommt aber seiner gründlichen Natur entsprechend von Zeit zu Zeit, zum Beispiel an diesem Abend, wieder auf die gleichen Gedanken zurück.

Als er oben vor seiner Zimmertür den Schlüssel aus der Tasche holt, fällt ihm ein Geräusch auf, das aus seinem Zimmer kommt. Ein eigentümliches klapperndes Geräusch, sehr lebhaft aber, sehr regelmäßig. Da Blumfeld gerade an Hunde gedacht hat, erinnert es ihn an das Geräusch, das Pfoten hervorbringen, wenn sie abwechselnd auf den Boden schlagen. Aber Pfoten klappern nicht, es sind nicht Pfoten. Er schließt eilig die Tür auf und dreht das elektrische Licht auf. Auf diesen Anblick war er nicht vorbereitet. Das ist ja Zauberei, zwei kleine, weiße blaugestreifte Zelluloidbälle springen auf dem Parkett nebeneinander auf und ab, schlägt der eine auf den Boden, ist der andere in der Höhe, und unermüdlich führen sie ihr Spiel aus. Einmal im Gymnasium hat Blumfeld bei einem bekannten elektrischen Experiment kleine Kügelchen ähnlich springen sehn, diese aber sind verhältnismäßig große Bälle, springen im freien Zimmer und es wird kein elektrisches Experiment angestellt. Blumfeld bückt sich zu ihnen hinab, um sie genauer anzusehen. Es sind ohne Zweifel gewöhnliche Bälle, sie enthalten wahrscheinlich in ihrem Innern noch einige kleinere Bälle und diese erzeugen das klappernde Geräusch. Blumfeld greift in die Luft, um festzustellen, ob sie nicht etwa an irgendwelchen Fäden hängen, nein, sie bewegen sich ganz selbständig. Schade, daß Blumfeld nicht ein kleines

Kind ist, zwei solche Bälle wären für ihn eine freudige Überraschung gewesen, während jetzt das Ganze einen mehr unangenehmen Eindruck auf ihn macht. Es ist doch nicht ganz wertlos, als ein unbeachteter Junggeselle nur im Geheimen zu leben, jetzt hat irgend jemand, gleichgültig wer, dieses Geheimnis gelüftet und ihm diese zwei komischen Bälle hereingeschickt.

Er will einen fassen, aber sie weichen vor ihm zurück und locken ihn im Zimmer hinter sich her. Es ist doch zu dumm, denkt er, so hinter den Bällen herzulaufen, bleibt stehen und sieht ihnen nach, wie sie, da die Verfolgung aufgegeben scheint, auch auf der gleichen Stelle bleiben. Ich werde sie aber doch zu fangen suchen, denkt er dann wieder und eilt zu ihnen. Sofort flüchten sie sich, aber Blumfeld drängt sie mit auseinandergestellten Beinen in eine Zimmerecke, und vor dem Koffer, der dort steht, gelingt es ihm, einen Ball zu fangen. Es ist ein kühler, kleiner Ball und dreht sich in seiner Hand, offenbar begierig zu entschlüpfen. Und auch der andere Ball, als sehe er die Not seines Kameraden, springt höher als früher, und dehnt die Sprünge, bis er Blumfelds Hand berührt. Er schlägt gegen die Hand, schlägt in immer schnelleren Sprüngen, ändert die Angriffspunkte, springt dann, da er gegen die Hand, die den Ball ganz umschließt, nichts ausrichten kann, noch höher und will wahrscheinlich Blumfelds Gesicht erreichen. Blumfeld könnte auch diesen Ball fangen und beide irgendwo einsperren, aber es scheint ihm im Augenblick zu entwürdigend, solche Maßnahmen gegen zwei kleine Bälle zu ergreifen. Es ist doch auch ein Spaß, zwei solche Bälle zu besitzen, auch werden sie bald genug müde werden, unter einen Schrank rollen und Ruhe geben. Trotz dieser Überlegung schleudert aber Blumfeld in einer Art Zorn den Ball zu Boden, es ist ein Wunder, daß hiebei die schwache, fast durchsichtige Zelluloidhülle nicht zerbricht. Ohne Übergang nehmen die zwei Bälle ihre frühern niedrigen, gegenseitig abgestimmten Sprünge wieder auf.

Blumfeld entkleidet sich ruhig, ordnet die Kleider im Kasten, er pflegt immer genau nachzusehn, ob die Bedienerin alles in Ordnung zurückgelassen hat. Ein- oder zweimal schaut er über die Schulter weg nach den Bällen, die unverfolgt jetzt sogar ihn zu verfolgen scheinen, sie sind ihm nachgerückt und springen nun knapp hinter ihm. Blumfeld zieht den Schlafrock an und will zu der gegenüberliegenden Wand, um eine der Pfeifen zu holen, die dort in einem Gestell hängen. Unwillkürlich schlägt er, ehe er sich umdreht, mit einem Fuß nach hinten aus, die Bälle aber verstehen es auszuweichen und werden nicht getroffen. Als er nun um die Pfeife geht, schließen sich ihm die Bälle gleich an, er schlurft mit den Pantoffeln, macht unregelmäßige Schritte, aber doch folgt jedem Auftreten fast ohne Pause ein Aufschlag der Bälle, sie halten mit ihm Schritt. Blumfeld dreht sich unerwartet um, um zu sehn, wie die Bälle das zustande bringen. Aber kaum hat er sich umgedreht, beschreiben die Bälle einen Halbkreis und sind schon wieder hinter ihm und das wiederholt sich, sooft er sich umdreht. Wie untergeordnete Begleiter, suchen sie es zu vermeiden, vor Blumfeld sich aufzuhalten. Bis jetzt haben sie es scheinbar nur gewagt, um sich ihm vorzustellen, jetzt aber haben sie bereits ihren Dienst angetreten.

Bisher hat Blumfeld immer in allen Ausnahmsfällen, wo seine Kraft nicht hinreichte, um die Lage zu beherrschen, das Aushilfsmittel gewählt, so zu tun, als bemerke er nichts. Es hat oft geholfen und meistens die Lage wenigstens verbessert. Er verhält sich also auch jetzt so, steht vor dem Pfeifengestell, wählt mit aufgestülpten Lippen eine Pfeife, stopft sie besonders gründlich aus dem bereitgestellten Tabaksbeutel und läßt unbekümmert hinter sich die Bälle ihre Sprünge machen. Nur zum Tisch zu gehn zögert er, den Gleichtakt der Sprünge und seiner eigenen Schritte zu hören, schmerzt ihn fast. So steht er, stopft die Pfeife unnötig lange und prüft die Entfernung, die ihn vom Tische trennt. Endlich aber überwindet er seine Schwäche und legt die Strecke unter solchem Fußstampfen zurück, daß er die Bälle gar nicht hört. Als er sitzt, springen sie allerdings hinter seinem Sessel wieder vernehmlich wie früher.

Über dem Tisch ist in Griffnähe an der Wand ein Brett angebracht, auf dem die Flasche mit dem Kirschenschnaps von kleinen Gläschen umgeben steht. Neben ihr liegt ein Stoß von Heften der französischen Zeitschrift. (Gerade heute ist ein neues Heft gekommen und Blumfeld holt es herunter. Den Schnaps vergißt er ganz, er hat selbst das Gefühl, als ob er heute nur aus Trost an seinen gewöhnlichen Beschäftigungen sich nicht hindern ließe, auch ein wirkliches Bedürfnis zu lesen hat er nicht. Er schlägt das Heft, entgegen seiner sonstigen Gewohnheit, Blatt für Blatt sorgfältig zu wenden, an einer beliebigen Stelle auf und findet dort ein großes Bild. Er zwingt sich es genauer anzusehn. Es stellt die Begegnung zwischen dem Kaiser von Rußland und dem Präsidenten von Frankreich dar. Sie findet auf einem Schiff statt. Ringsherum bis in die Ferne sind noch viele andere Schiffe, der Rauch ihrer Schornsteine verflüchtigt sich im hellen Himmel. Beide, der Kaiser und der Präsident, sind eben in langen Schritten einander entgegengeeilt und fassen einander gerade bei der Hand. Hinter dem Kaiser wie hinter dem Präsidenten stehen je zwei Herren. Gegenüber den freudigen Gesichtern des Kaisers und des Präsidenten sind die Gesichter der Begleiter sehr ernst, die Blicke jeder Begleitgruppe vereinigen sich auf ihren Herrscher. Tiefer unten, der Vorgang spielt sich offenbar auf dem höchsten Deck des Schiffes ab, stehen vom Bildrand abgeschnitten lange Reihen salutierender Matrosen. Blumfeld betrachtet allmählich das Bild mit mehr Teilnahme, hält es dann ein wenig entfernt und sieht es so mit blinzelnden Augen an. Er hat immer viel Sinn für solche großartige Szenen gehabt. Daß die Hauptpersonen so unbefangen, herzlich und leichtsinnig einander die Hände drücken, findet er sehr wahrheitsgetreu. Und ebenso richtig ist es, daß die Begleiter – übrigens natürlich sehr hohe Herren, deren Namen unten verzeichnet sind – in ihrer Haltung den Ernst des historischen Augenblicks wahren.)

Und statt alles, was er benötigt, herunterzuholen, sitzt Blumfeld still und blickt in den noch immer nicht entzündeten Pfeifenkopf. Er ist auf der

Lauer, plötzlich, ganz unerwartet weicht sein Erstarren und er dreht sich in einem Ruck mit dem Sessel um. Aber auch die Bälle sind entsprechend wachsam oder folgen gedankenlos dem sie beherrschenden Gesetz, gleichzeitig mit Blumfelds Umdrehung verändern auch sie ihren Ort und verbergen sich hinter seinem Rücken. Nun sitzt Blumfeld mit dem Rücken zum Tisch, die kalte Pfeife in der Hand. Die Bälle springen jetzt unter dem Tisch und sind, da dort ein Teppich ist, nur wenig zu hören. Das ist ein großer Vorteil es gibt nur ganz schwache dumpfe Geräusche, man muß sehr aufmerken, um sie mit dem Gehör noch zu erfassen. Blumfeld allerdings ist sehr aufmerksam und hört sie genau. Aber das ist nur jetzt so, in einem Weilchen wird er sie wahrscheinlich gar nicht mehr hören. Daß sie sich auf Teppichen so wenig bemerkbar machen können, scheint Blumfeld eine große Schwäche der Bälle zu sein. Man muß ihnen nur einen oder noch besser zwei Teppiche unterschieben und sie sind fast machtlos. Allerdings nur für eine bestimmte Zeit, und außerdem bedeutet schon ihr Dasein eine gewisse Macht.

Jetzt könnte Blumfeld einen Hund gut brauchen, so ein junges, wildes Tier würde mit den Bällen bald fertig werden; er stellt sich vor, wie dieser Hund mit den Pfoten nach ihnen hascht, wie er sie von ihrem Posten vertreibt, wie er sie kreuz und quer durchs Zimmer jagt und sie schließlich zwischen seine Zähne bekommt. Es ist leicht möglich, daß sich

Blumfeld in nächster Zeit einen Hund anschafft.

Vorläufig aber müssen die Bälle nur Blumfeld fürchten und er hat jetzt keine Lust sie zu zerstören, vielleicht fehlt es ihm auch nur an Entschlußkraft dazu. Er kommt abends müde aus der Arbeit und nun, wo er Ruhe nötig hat, wird ihm diese Überraschung bereitet. Er fühlt erst jetzt, wie müde er eigentlich ist. Zerstören wird er ja die Bälle gewiß, und zwar in allernächster Zeit, aber vorläufig nicht und wahrscheinlich erst am nächsten Tag. Wenn man das Ganze unvoreingenommen ansieht, führen sich übrigens die Bälle genügend bescheiden auf. Sie könnten beispielsweise von Zeit zu Zeit vorspringen, sich zeigen und wieder an ihren Ort zurückkehren, oder sie könnten höher springen, um an die Tischplatte zu schlagen und sich für die Dämpfung durch den Teppich so entschädigen. Aber das tun sie nicht, sie wollen Blumfeld nicht unnötig reizen, sie beschränken sich offenbar nur auf das unbedingt Notwendige.

Allerdings genügt auch dieses Notwendige, um Blumfeld den Aufenthalt beim Tisch zu verleiden. Er sitzt erst ein paar Minuten dort und denkt schon daran, schlafen zu gehn. Einer der Beweggründe dafür ist auch der, daß er hier nicht rauchen kann, denn er hat die Zündhölzer auf das Nachttischchen gelegt. Er müßte also diese Zündhölzchen holen, wenn er aber einmal beim Nachttisch ist, ist es wohl besser schon dort zu bleiben und sich niederzulegen. Er hat hiebei auch noch einen Hintergedanken, er glaubt nämlich, daß die Bälle, in ihrer blinden Sucht, sich immer hinter ihm zu halten, auf das Bett springen werden und daß er sie dort, wenn er sich dann niederlegt, mit oder ohne Willen zerdrücken wird. Den Einwand, daß etwa auch noch die Reste der Bälle springen könnten, lehnt er ab. Auch das Ungewöhnliche muß Grenzen haben. Ganze Bälle springen auch sonst, wenn auch nicht ununterbrochen, Bruchstücke von Bällen dagegen springen niemals, und werden also auch hier nicht springen.

„Auf!" ruft er durch diese Überlegung fast mutwillig gemacht und stampft wieder mit den Bällen hinter sich zum Bett. Seine Hoffnung scheint sich zu bestätigen, wie er sich absichtlich ganz nahe ans Bett stellt, springt sofort ein Ball auf das Bett hinauf. Dagegen tritt das Unerwartete ein, daß der andere Ball sich unter das Bett begibt. An die Möglichkeit, daß die Bälle auch unter dem Bett springen könnten, hat Blumfeld gar nicht gedacht. Er ist über den einen Ball entrüstet, trotzdem er fühlt, wie ungerecht das ist, denn durch das Springen unter dem Bett erfüllt der Ball seine Aufgabe vielleicht noch besser als der Ball auf dem Bett. Nun kommt alles darauf an, für welchen Ort sich die Bälle entscheiden, denn, daß sie lang getrennt arbeiten könnten, glaubt Blumfeld nicht. Und tatsächlich springt im nächsten Augenblick auch der untere Ball auf das Bett hinauf. Jetzt habe ich sie, denkt Blumfeld, heiß vor Freude, und reißt den

Schlafrock vom Leib, um sich ins Bett zu werfen. Aber gerade springt der gleiche Ball wieder unter das Bett. Übermäßig enttäuscht sinkt Blumfeld förmlich zusammen. Der Ball hat sich wahrscheinlich oben nur umgesehn und es hat ihm nicht gefallen. Und nun folgt ihm auch der andere und bleibt natürlich unten, denn unten ist es besser. „Nun werde ich diese Trommler die ganze Nacht hier haben“, denkt Blumfeld, beißt die Lippen zusammen und nickt mit dem Kopf.

Er ist traurig, ohne eigentlich zu wissen, womit ihm die Bälle in der Nacht schaden könnten. Sein Schlaf ist ausgezeichnet, er wird das kleine Geräusch leicht überwinden. Um dessen ganz sicher zu sein, schiebt er ihnen entsprechend der gewonnenen Erfahrung zwei Teppiche unter. Es ist, als hätte er einen kleinen Hund, den er weich betten will. Und als wären auch die Bälle müde und schläfrig, sind auch ihre Sprünge niedriger und langsamer als früher. Wie Blumfeld vor dem Bett kniet und mit der Nachtlampe hinunterleuchtet, glaubt er manchmal, daß die Bälle auf den Teppichen für immer liegenbleiben werden, so schwach fallen sie, so langsam rollen sie ein Stückchen weit. Dann allerdings erheben sie sich wieder pflichtgemäß. Es ist aber leicht möglich, daß Blumfeld, wenn er früh unter das Bett schaut, dort zwei stille harmlose Kinderbälle finden wird.

Aber sie scheinen die Sprünge nicht einmal bis zum Morgen aushalten zu können, denn schon als Blumfeld im Bett liegt, hört er sie gar nicht mehr. Er strengt sich an, etwas zu hören, lauscht aus dem Bett vorgebeugt – kein Laut. So stark können die Teppiche nicht wirken, die einzige Erklärung ist, daß die Bälle nicht mehr springen, entweder können sie sich von den weichen Teppichen nicht genügend abstoßen und haben deshalb das Springen vorläufig aufgegeben, oder aber, was das Wahrscheinlichere ist, sie werden niemals mehr springen. Blumfeld könnte aufstehn und nachschauen, wie es sich eigentlich verhält, aber in seiner

Zufriedenheit darüber, daß endlich Ruhe ist, bleibt er lieber liegen, er will an die ruhiggewordenen Bälle nicht einmal mit den Blicken rühren. Sogar auf das Rauchen verzichtet er gern, dreht sich zur Seite und schläft gleich ein.

Doch bleibt er nicht ungestört; wie sonst immer, ist sein Schlaf auch diesmal traumlos, aber sehr unruhig. Unzählige Male in der Nacht wird er durch die Täuschung aufgeschreckt, als ob jemand an die Tür klopfe. Er weiß auch bestimmt, daß niemand klopft; wer wollte in der Nacht klopfen und an seine, eines einsamen Junggesellen Tür. Obwohl er es aber bestimmt weiß, fährt er doch immer wieder auf und blickt einen Augenblick lang gespannt zur Türe, den Mund offen, die Augen aufgerissen und die Haarsträhnen schütteln sich auf seiner feuchten Stirn. Er macht Versuche zu zählen, wie oft er geweckt wird, aber besinnungslos von den ungeheuern Zahlen, die sich ergeben, fällt er wieder in den Schlaf zurück. Er glaubt zu wissen, woher das

Klopfen stammt, es wird nicht an der Tür ausgeführt, sondern ganz anderswo, aber er kann sich in der Befangenheit des Schlafes nicht erinnern, worauf sich seine Vermutungen gründen. Er weiß nur, daß viele winzige widerliche Schläge sich sammeln, ehe sie das große starke Klopfen ergeben. Er würde alle Widerlichkeit der kleinen Schläge erdulden wollen, wenn er das Klopfen vermeiden könnte, aber es ist aus irgendeinem Grunde zu spät, er kann hier nicht eingreifen, es ist versäumt, er hat nicht einmal Worte, nur zum stummen Gähnen öffnet sich sein Mund, und wütend darüber schlägt er das Gesicht in die Kissen. So vergeht die Nacht.

Am Morgen weckt ihn das Klopfen der Bedienerin, mit einem Seufzer der Erlösung begrüßt er das sanfte Klopfen, über dessen Unhörbarkeit er sich immer beklagt hat, und will schon „herein“ rufen, da hört er noch ein anderes lebhaftes, zwar schwaches, aber förmlich kriegerisches Klopfen. Es sind die Bälle unter dem Bett. Sind sie aufgewacht, haben sie im Gegensatz zu ihm über die Nacht neue Kräfte gesammelt? „Gleich“, ruft Blumfeld der Bedienerin zu, springt aus dem Bett, aber vorsichtigerweise so, daß er die Bälle im Rücken behält, wirft sich, immer den Rücken ihnen zugekehrt, auf den Boden, blickt mit verdrehtem Kopf zu den Bällen und – möchte fast fluchen. Wie Kinder, die in der Nacht die lästigen Decken von sich schieben, haben die Bälle wahrscheinlich durch kleine, während der ganzen Nacht fortgesetzte Zuckungen die Teppiche so weit unter dem Bett hervorgeschoben, daß sie selbst wieder das freie Parkett unter sich haben und Lärm machen können. „Zurück auf die Teppiche“, sagt Blumfeld mit bösem Gesicht, und erst, als die Bälle dank der Teppiche wieder still geworden sind, ruft er die Bedienerin herein. Während diese, ein fettes, stumpfsinniges, immer steif aufrecht gehendes Weib, das Frühstück auf den Tisch stellt und die paar Handreichungen macht, die nötig sind, steht Blumfeld unbeweglich im Schlafrock bei seinem Bett, um die Bälle unten festzuhalten. Er folgt der Bedienerin mit den Blicken, um festzustellen, ob sie etwas merkt. Bei ihrer Schwerhörigkeit ist das sehr unwahrscheinlich und Blumfeld schreibt es seiner durch den schlechten Schlaf erzeugten Überreiztheit zu, wenn er zu sehen glaubt, daß die Bedienerin doch hie und da stockt, sich an irgendeinem Möbel festhält und mit hochgezogenen Brauen horcht. Er wäre glücklich, wenn er die Bedienerin dazu bringen könnte, ihre Arbeit ein wenig zu beschleunigen, aber sie ist fast langsamer als sonst. Umständlich belädt sie sich mit Blumfelds Kleidern und Stiefeln und zieht damit auf den Gang, lange bleibt sie weg, eintönig und ganz vereinzelt klingen die Schläge herüber, mit denen sie draußen die Kleider bearbeitet. Und während dieser ganzen Zeit muß Blumfeld auf dem Bett ausharren, darf sich nicht rühren, wenn er nicht die Bälle hinter sich herziehen will, muß den Kaffee, den er so gern möglichst warm trinkt, auskühlen lassen und kann nichts anderes tun, als den herabgelassenen Fenstervorhang anstarren, hinter dem der Tag trübe herandämmert. Endlich ist die Bedienerin fertig, wünscht einen guten Morgen und will schon gehn. Aber ehe sie sich endgültig entfernt, bleibt sie noch bei der Tür stehn, bewegt ein wenig die Lippen und sieht Blumfeld mit langem Blicke an. Blumfeld will sie schon zur Rede stellen, da geht sie schließlich. Am liebsten möchte Blumfeld die Tür aufreißen und ihr nachschreien, was für ein dummes, altes, stumpfsinniges Weib sie ist. Als er aber darüber nachdenkt, was er gegen sie eigentlich einzuwenden hat, findet er nur den Widersinn, daß sie zweifellos nichts bemerkt hat und sich doch den Anschein geben wollte, als hätte sie etwas bemerkt. Wie verwirrt seine Gedanken sind! Und das nur von einer schlecht durchschlafenen Nacht! Für den schlechten Schlaf findet er eine kleine Erklärung darin, daß er gestern abend von seinen Gewohnheiten abgewichen ist, nicht geraucht und nicht

Schnaps getrunken hat. Wenn ich einmal, und das ist das Endergebnis seines Nachdenkens, nicht rauche und nicht Schnaps trinke, schlafe ich schlecht.

Er wird von jetzt ab mehr auf sein Wohlbefinden achten, und beginnt damit, daß er aus seiner Hausapotheke, die über dem Nachttischchen hängt, Watte nimmt und zwei Wattekügelchen sich in die Ohren stopft. Dann steht er auf und macht einen Probeschritt. Die Bälle folgen zwar, aber er hört sie fast nicht, noch ein Nachschub von Watte macht sie ganz unhörbar. Blumfeld führt noch einige Schritte aus, es geht ohne besondere Unannehmlichkeit. Jeder ist für sich, Blumfeld wie die Bälle, sie sind zwar aneinander gebunden, aber sie stören einander nicht. Nur als Blumfeld sich einmal rascher umwendet und ein Ball die Gegenbewegung nicht rasch genug machen kann, stößt Blumfeld mit dem Knie an ihn. Es ist der einzige Zwischenfall, im übrigen trinkt Blumfeld ruhig den Kaffee, er hat Hunger, als hätte er in dieser Nacht nicht geschlafen, sondern einen langen Weg gemacht, wäscht sich mit kaltem, ungemein erfrischendem Wasser und kleidet sich an. Bisher hat er die Vorhänge nicht hochgezogen, sondern ist aus Vorsicht lieber im Halbdunkel geblieben, für die Bälle braucht er keine fremden Augen. Aber als er jetzt zum Weggehn bereit ist, muß er die Bälle für den Fall, daß sie es wagen sollten – er glaubt es nicht – ihm auch auf die Gasse zu folgen, irgendwie versorgen. Er hat dafür einen guten

Einfall, er öffnet den großen Kleiderkasten und stellt sich mit dem Rücken gegen ihn. Als hätten die Bälle eine Ahnung dessen, was beabsichtigt wird, hüten sie sich vor dem Inneren des Kastens, jedes Plätzchen, das zwischen Blumfeld und dem Kasten bleibt, nützen sie aus, springen, wenn es nicht anders geht, für einen Augenblick in den Kasten, flüchten sich aber vor dem Dunkel gleich wieder hinaus, über die Kante weiter in den Kasten sind sie gar nicht zu bringen, lieber verletzen sie ihre Pflicht und halten sich fast zur Seite Blumfelds. Aber ihre kleinen Listen sollen ihnen nichts helfen, denn jetzt steigt Blumfeld selbst rücklings in den Kasten und nun müssen sie allerdings folgen. Damit ist aber auch über sie entschieden, denn auf dem Kastenboden liegen verschiedene kleinere Gegenstände, wie Stiefel, Schachteln, kleine Koffer, die alle zwar – jetzt bedauert es Blumfeld – wohl geordnet sind, aber doch die Bälle sehr behindern. Und als nun Blumfeld, der inzwischen die Tür des Kastens fast zugezogen hat, mit einem großen Sprung, wie er ihn schon seit Jahren nicht ausgeführt hat, den Kasten verläßt, die Tür zudrückt und den Schlüssel umdreht, sind die Bälle eingesperrt. „Das ist also gelungen“, denkt Blumfeld und wischt sich den Schweiß vom Gesicht. Wie die Bälle in dem Kasten lärmen! Es macht den Eindruck, als wären sie verzweifelt. Blumfeld dagegen ist sehr zufrieden. Er verläßt das Zimmer und schon der öde Korridor wirkt wohltuend auf ihn ein. Er befreit die Ohren von der

Watte und die vielen Geräusche des erwachenden Hauses entzücken ihn. Menschen sieht man nur wenig, es ist noch sehr früh.

Unten im Flur vor der niedrigen Tür, durch die man in die Kellerwohnung der Bedienerin kommt, steht ihr kleiner zehnjähriger Junge. Ein Ebenbild seiner Mutter, keine Häßlichkeit der Alten ist in diesem Kindergesicht vergessen worden. Krummbeinig, die Hände in den Hosentaschen steht er dort und faucht, weil er schon jetzt einen Kropf hat und nur schwer Atem holen kann. Während aber Blumfeld sonst, wenn ihm der Junge in den Weg kommt, einen eiligeren Schritt einschlägt, um sich dieses Schauspiel möglichst zu ersparen, möchte er heute bei ihm fast stehnbleiben wollen. Wenn der Junge auch von diesem Weib in die Welt gesetzt ist und alle Zeichen seines Ursprungs trägt, so ist er vorläufig doch ein Kind, in diesem unförmigen Kopf sind doch Kindergedanken, wenn man ihn verständig ansprechen und etwas fragen wird, so wird er wahrscheinlich mit heller Stimme, unschuldig und ehrerbietig antworten, und man wird nach einiger Überwindung auch diese Wangen streicheln können. So denkt Blumfeld, geht aber doch vorüber. Auf der Gasse merkt er, daß das Wetter freundlicher ist, als er in seinem Zimmer gedacht hat. Die Morgennebel teilen sich und Stellen blauen, von kräftigem Wind gefegten Himmels erscheinen. Blumfeld verdankt es den Bällen, daß er viel früher aus seinem Zimmer herausgekommen ist als sonst, sogar die Zeitung hat er ungelesen auf dem Tisch vergessen, jedenfalls hat er dadurch viel Zeit gewonnen und kann jetzt langsam gehn. Es ist merkwürdig, wie wenig Sorge ihm die Bälle machen, seitdem er sie von sich getrennt hat. Solange sie hinter ihm her waren, konnte man sie für etwas zu ihm Gehöriges halten, für etwas, das bei Beurteilung seiner Person irgendwie mit herangezogen werden mußte, jetzt dagegen waren sie nur ein Spielzeug zu Hause im Kasten. Und es fällt hiebei

Blumfeld ein, daß er die Bälle vielleicht am besten dadurch unschädlich machen könnte, daß er sie ihrer eigentlichen Bestimmung zuführt. Dort im Flur steht noch der Junge, Blumfeld wird ihm die Bälle schenken, und zwar nicht etwa borgen, sondern ausdrücklich schenken, was gewiß gleichbedeutend ist mit dem Befehl zu ihrer Vernichtung. Und selbst wenn sie heil bleiben sollten, so werden sie doch in den Händen des Jungen noch weniger bedeuten als im Kasten, das ganze Haus wird sehn, wie der Junge mit ihnen spielt, andere Kinder werden sich anschließen, die allgemeine Meinung, daß es sich hier um Spielbälle und nicht etwa um Lebensbegleiter Blumfelds handelt, wird unerschütterlich und unwiderstehlich werden. Blumfeld läuft ins Haus zurück. Gerade ist der Junge die Kellertreppe hinuntergestiegen und will unten die Tür öffnen. Blumfeld muß den Jungen also rufen und seinen Namen aussprechen, der lächerlich ist wie alles, was mit dem Jungen in Verbindung gebracht wird. „Alfred, Alfred", ruft er.

Der Junge zögert lange. „Also komm doch“, ruft Blumfeld, „ich gebe dir etwas.“ Die kleinen zwei Mädchen des Hausmeisters sind aus der gegenüberliegenden Tür herausgekommen und stellen sich neugierig rechts und links von Blumfeld auf. Sie fassen viel schneller auf als der Junge und verstehen nicht, warum er nicht gleich kommt. Sie winken ihm, lassen dabei Blumfeld nicht aus den Augen, können aber nicht ergründen, was für ein Geschenk Alfred erwartet. Die

Neugierde plagt sie und sie hüpfen von einem Fuß auf den andern. Blumfeld lacht sowohl über sie als über den Jungen. Dieser scheint sich endlich alles zurechtgelegt zu haben und steigt steif und schwerfällig die Treppe hinauf. Nicht einmal im Gang verleugnet er seine Mutter, die übrigens unten in der Kellertür erscheint. Blumfeld schreit überlaut, damit ihn auch die Bedienerin versteht und die Ausführung seines Auftrags, falls es nötig sein sollte, überwacht. „Ich habe oben“, sagt

Blumfeld, „in meinem Zimmer zwei schöne Bälle. Willst du sie haben?“ Der Junge verzieht bloß den Mund, er weiß nicht, wie er sich verhalten soll, er dreht sich um und sieht fragend zu seiner Mutter hinunter. Die Mädchen aber fangen gleich an, um Blumfeld herumzuspringen und bitten um die Bälle. „Ihr werdet auch mit ihnen spielen dürfen“, sagt Blumfeld zu ihnen, wartet aber auf die Antwort des Jungen. Er könnte die Bälle gleich den Mädchen schenken, aber sie scheinen ihm zu leichtsinnig und er hat jetzt mehr Vertrauen zu dem Jungen. Dieser hat sich inzwischen bei seiner Mutter, ohne daß Worte gewechselt worden wären, Rat geholt und nickt auf eine neuerliche Frage Blumfelds zustimmend. „Dann gib acht“, sagte Blumfeld, der gern übersieht, daß er hier für sein Geschenk keinen Dank bekommen wird, „den Schlüssel zu meinem Zimmer hat deine Mutter, den mußt du dir von ihr ausborgen, hier gebe ich dir den Schlüssel von meinem Kleiderkasten und in diesem

Kleiderkasten sind die Bälle. Sperr den Kasten und das Zimmer wieder vorsichtig zu. Mit den Bällen aber kannst du machen was du willst und mußt sie nicht wieder zurückbringen. Hast du mich verstanden?“ Der Junge hat aber leider nicht verstanden. Blumfeld hat diesem grenzenlos begriffstutzigen Wesen alles besonders klarmachen wollen, hat aber gerade infolge dieser Absicht alles zu oft wiederholt, zu oft abwechselnd von Schlüsseln, Zimmer und Kasten gesprochen, und der Junge starrt ihn infolgedessen nicht wie seinen Wohltäter, sondern wie einen Versucher an. Die Mädchen allerdings haben gleich alles begriffen, drängen sich an Blumfeld und strecken die Hände nach dem Schlüssel aus. „Wartet doch“, sagt Blumfeld und ärgert sich schon über alle. Auch vergeht die Zeit, er kann sich nicht mehr lange aufhalten. Wenn doch die Bedienerin endlich sagen wollte, daß sie ihn verstanden hat und alles richtig für den Jungen besorgen wird. Statt dessen steht sie aber noch immer unten an der

Tür, lächelt geziert wie verschämte Schwerhörige und glaubt vielleicht, daß Blumfeld oben über ihren Jungen in plötzliches Entzücken geraten sei und ihm das kleine Einmaleins abhöre. Blumfeld wieder kann aber doch nicht die Kellertreppe hinuntersteigen und der Bedienerin seine Bitte ins Ohr schreien, ihr Junge möge ihn doch um Gottes Barmherzigkeit willen von den Bällen befreien. Er hat sich schon genug bezwungen, wenn er den Schlüssel zu seinem Kleiderkasten für einen ganzen

Tag dieser Familie anvertrauen will. Nicht um sich zu schonen, reicht er hier den Schlüssel dem Jungen, statt ihn selbst hinaufzuführen und ihm dort die Bälle zu übergeben. Aber er kann doch nicht oben die Bälle zuerst wegschenken und sie dann, wie es voraussichtlich geschehen müßte, dem Jungen gleich wieder nehmen, indem er sie als Gefolge hinter sich herzieht. „Du verstehst mich also noch immer nicht?“ fragt Blumfeld fast wehmütig, nachdem er zu einer neuen Erklärung angesetzt, sie aber unter dem leeren Blick des Jungen gleich wieder abgebrochen hat. Ein solcher leerer Blick macht einen wehrlos. Er könnte einen dazu verführen, mehr zu sagen als man will, nur damit man diese Leere mit Verstand erfülle.

„Wir werden ihm die Bälle holen“, rufen da die Mädchen. Sie sind schlau, sie haben erkannt, daß sie die Bälle nur durch irgendeine Vermittlung des Jungen erhalten können, daß sie aber auch noch diese Vermittlung selbst bewerkstelligen müssen. Aus dem

Zimmer des Hausmeisters schlägt eine Uhr und mahnt Blumfeld zur Eile. „Dann nehmt also den Schlüssel“, sagt Blumfeld, und der Schlüssel wird ihm mehr aus der Hand gezogen, als daß er ihn hergibt. Die Sicherheit, mit der er den Schlüssel dem Jungen gegeben hätte, wäre unvergleichlich größer gewesen. „Den Schlüssel zum Zimmer holt unten von der Frau“, sagt Blumfeld noch, „und wenn ihr mit den Bällen zurückkommt, müßt ihr beide Schlüssel der Frau geben.“ „Ja, ja“, rufen die Mädchen und laufen die Treppe hinunter. Sie wissen alles, durchaus alles, und als sei Blumfeld von der Begriffstutzigkeit des Jungen angesteckt, versteht er jetzt selbst nicht, wie sie seinen Erklärungen alles so schnell hatten entnehmen können.

Nun zerren sie schon unten am Rock der Bedienerin, aber Blumfeld kann, so verlockend es wäre, nicht länger zusehn, wie sie ihre Aufgabe ausführen werden, und zwar nicht nur weil es schon spät ist, sondern auch deshalb, weil er nicht zugegen sein will, wenn die Bälle ins

Freie kommen. Er will sogar schon einige Gassen weit entfernt sein, wenn die Mädchen oben erst die Türe seines Zimmers öffnen. Er weiß ja gar nicht, wessen er sich von den Bällen noch versehen kann. Und so tritt er zum zweitenmal an diesem Morgen ins Freie. Er hat noch gesehen, wie die Bedienerin sich gegen die Mädchen förmlich wehrt und der Junge die krummen Beine rührt, um der Mutter zu Hilfe zu kommen. Blumfeld begreift es nicht, warum solche

Menschen wie die Bedienerin auf der Welt gedeihen und sich fortpflanzen.

Während des Weges in die Wäschefabrik, in der Blumfeld angestellt ist, bekommen die Gedanken an die Arbeit allmählich über alles andere die Oberhand. Er beschleunigt seine Schritte und trotz der Verzögerung, die der Junge verschuldet hat, ist er der erste in seinem Bureau. Dieses Bureau ist ein mit Glas verschalter Raum, es enthält einen Schreibtisch für Blumfeld und zwei Stehpulte für die Blumfeld untergeordneten Praktikanten. Obwohl diese Stehpulte so klein und schmal sind, als seien sie für Schulkinder bestimmt, ist es doch in diesem Bureau sehr eng und die Praktikanten dürfen sich nicht setzen, weil dann für Blumfelds Sessel kein Platz mehr wäre. So stehen sie den ganzen Tag an ihre Pulte gedrückt. Das ist für sie gewiß sehr unbequem, es wird aber dadurch auch Blumfeld erschwert, sie zu beobachten. Oft drängen sie sich eifrig an das Pult, aber nicht etwa um zu arbeiten, sondern um miteinander zu flüstern oder sogar einzunicken. Blumfeld hat viel Ärger mit ihnen, sie unterstützen ihn bei weitem nicht genügend in der riesenhaften Arbeit, die ihm auferlegt ist. Diese Arbeit besteht darin, daß er den gesamten Waren- und Geldverkehr mit den Heimarbeiterinnen besorgt, welche von der Fabrik für die Herstellung gewisser feinerer Waren beschäftigt werden. Um die Größe dieser Arbeit beurteilen zu können, muß man einen näheren Einblick in die ganzen Verhältnisse haben. Diesen Einblick aber hat, seitdem der unmittelbare Vorgesetzte Blumfelds vor einigen Jahren gestorben ist, niemand mehr, deshalb kann auch Blumfeld niemandem die Berechtigung zu einem Urteil über seine Arbeit zugestehn. Der Fabrikant, Herr Ottomar zum Beispiel, unterschätzt Blumfelds Arbeit offensichtlich, er erkennt natürlich die Verdienste an, die sich Blumfeld in der Fabrik im Laufe der zwanzig Jahre erworben hat, und er erkennt sie an, nicht nur weil er muß, sondern auch, weil er Blumfeld als treuen, vertrauenswürdigen Menschen achtet, – aber seine Arbeit unterschätzt er doch, er glaubt nämlich, sie könne einfacher und deshalb in jeder Hinsicht vorteilhafter eingerichtet werden, als sie Blumfeld betreibt. Man sagt, und es ist wohl nicht unglaubwürdig, daß Ottomar nur deshalb sich so selten in der Abteilung Blumfelds zeige, um sich den Ärger zu ersparen, den ihm der Anblick der Arbeitsmethoden Blumfelds verursacht. So verkannt zu werden, ist für Blumfeld gewiß traurig, aber es gibt keine Abhilfe, denn er kann doch Ottomar nicht zwingen, etwa einen Monat ununterbrochen in Blumfelds Abteilung zu bleiben, die vielfachen Arten der hier zu bewältigenden Arbeiten zu studieren, seine eigenen angeblich besseren Methoden anzuwenden und sich durch den Zusammenbruch der Abteilung, den das notwendig zur Folge hätte, von Blumfelds Recht überzeugen zu lassen. Deshalb also versieht Blumfeld seine Arbeit unbeirrt wie vorher, erschrickt ein wenig, wenn nach langer Zeit einmal Ottomar erscheint, macht dann im Pflichtgefühl des Untergeordneten doch einen schwachen Versuch, Ottomar diese oder jene Einrichtung zu erklären, worauf dieser stumm nickend mit gesenkten Augen weitergeht, und leidet im übrigen weniger unter dieser Verkennung als unter dem Gedanken daran, daß, wenn er einmal von seinem Posten wird abtreten müssen, die sofortige Folge dessen ein großes, von niemandem aufzulösendes

Durcheinander sein wird, denn er kennt niemanden in der Fabrik, der ihn ersetzen und seinen Posten in der Weise übernehmen könnte, daß für den Betrieb durch Monate hindurch auch nur die schwersten Stockungen vermieden würden. Wenn der Chef jemanden unterschätzt, so suchen ihn darin natürlich die Angestellten womöglich noch zu übertreffen. Es unterschätzt daher jeder Blumfelds Arbeit, niemand hält es für notwendig, zu seiner Ausbildung eine Zeitlang in Blumfelds

Abteilung zu arbeiten, und wenn neue Angestellte aufgenommen werden, wird niemand aus eigenem Antrieb Blumfeld zugeteilt. Infolgedessen fehlt es für die Abteilung Blumfelds an Nachwuchs. Es waren Wochen des härtesten Kampfes, als Blumfeld, der bis dahin in der Abteilung ganz allein, nur von einem Diener unterstützt, alles besorgt hatte, die Beistellung eines Praktikanten forderte. Fast jeden Tag erschien Blumfeld im Bureau Ottomars und erklärte ihm in ruhiger und ausführlicher

Weise, warum ein Praktikant in dieser Abteilung notwendig sei. Er sei nicht etwa deshalb notwendig, weil Blumfeld sich schonen wolle, Blumfeld wolle sich nicht schonen, er arbeite seinen überreichlichen Teil und gedenke damit nicht aufzuhören, aber Herr Ottomar möge nur überlegen, wie sich das Geschäft im Laufe der Zeit entwickelt habe, alle Abteilungen seien entsprechend vergrößert worden, nur Blumfelds Abteilung werde immer vergessen. Und wie sei gerade dort die

Arbeit angewachsen! Als Blumfeld eintrat, an diese Zeiten könne sich Herr Ottomar gewiß nicht mehr erinnern, hatte man dort mit etwa zehn Näherinnen zu tun, heute schwankt ihre Zahl zwischen fünfzig und sechzig. Eine solche Arbeit verlangt Kräfte, Blumfeld könne dafür bürgen, daß er sich vollständig für die Arbeit verbrauche, dafür aber, daß er sie vollständig bewältigen werde, könne er von jetzt ab nicht mehr bürgen. Nun lehnte ja Herr Ottomar niemals Blumfelds Ansuchen geradezu ab, das konnte er einem alten Beamten gegenüber nicht tun, aber die Art, wie er kaum zuhörte, über den bittenden Blumfeld hinweg mit andern Leuten sprach, halbe Zusagen machte, in einigen Tagen alles wieder vergessen hatte, – diese Art war recht beleidigend. Nicht eigentlich für Blumfeld, Blumfeld ist kein Phantast, so schön Ehre und Anerkennung ist, Blumfeld kann sie entbehren, er wird trotz allem auf seiner Stelle ausharren, so lange es irgendwie geht, jedenfalls ist er im Recht, und Recht muß sich schließlich, wenn es auch manchmal lange dauert, Anerkennung verschaffen. So hat ja auch tatsächlich Blumfeld sogar zwei Praktikanten schließlich bekommen, was für Praktikanten allerdings. Man hätte glauben, können, Ottomar habe eingesehn, er könne seine Mißachtung der Abteilung noch deutlicher als durch Verweigerung von Praktikanten durch Gewährung dieser Praktikanten zeigen. Es war sogar möglich, daß Ottomar nur deshalb Blumfeld so lange vertröstet hatte, weil er zwei solche Praktikanten gesucht und sie, was begreiflich war, so lange nicht hatte finden können. Und beklagen konnte sich jetzt Blumfeld nicht, die Antwort war ja vorauszusehn, er hatte doch zwei Praktikanten bekommen, während er nur einen verlangt hatte; so geschickt war alles von Ottomar eingeleitet. Natürlich beklagte sich Blumfeld doch, aber nur weil ihn förmlich seine Notlage dazu drängte, nicht weil er jetzt noch Abhilfe erhoffte. Er beklagte sich auch nicht nachdrücklich, sondern nur nebenbei, wenn sich eine passende Gelegenheit ergab. Trotzdem verbreitete sich bald unter den übelwollenden Kollegen das Gerücht, jemand habe Ottomar gefragt, ob es denn möglich sei, daß sich Blumfeld, der doch jetzt eine so außerordentliche Beihilfe bekommen habe, noch immer beklage. Darauf habe Ottomar geantwortet, es sei richtig, Blumfeld beklage sich noch immer, aber mit Recht. Er, Ottomar, habe es endlich eingesehn und er beabsichtige Blumfeld nach und nach für jede Näherin einen Praktikanten, also im Ganzen etwa sechzig zuzuteilen. Sollten aber diese noch nicht genügen, werde er noch mehr hinschicken und er werde damit nicht früher aufhören, bis das Tollhaus vollkommen sei, welches in der Abteilung Blumfelds schon seit Jahren sich entwickle. Nun war allerdings in dieser Bemerkung die Redeweise Ottomars gut nachgeahmt, er selbst aber, daran zweifelte Blumfeld nicht, war weit davon entfernt, sich jemals auch nur in ähnlicher Weise über Blumfeld zu äußern. Das Ganze war eine Erfindung der Faulenzer aus den Bureaus im ersten Stock, Blumfeld ging darüber hinweg, – hätte er nur auch über das Vorhandensein der Praktikanten so ruhig hinweggehn können. Die standen aber da und waren nicht mehr wegzubringen. Blasse, schwache Kinder. Nach ihren Dokumenten sollten sie das schulfreie Alter schon erreicht haben, in Wirklichkeit konnte man es aber nicht glauben. Ja, man hätte sie noch einmal einem Lehrer anvertrauen wollen, so deutlich gehörten sie noch an die Hand der Mutter. Sie konnten sich noch nicht vernünftig bewegen, langes Stehn ermüdete sie besonders in der ersten Zeit ungemein. Ließ man sie unbeobachtet, so knickten sie in ihrer Schwäche gleich ein, standen schief und gebückt in einem Winkel. Blumfeld suchte ihnen begreiflich zu machen, daß sie sich für das ganze Leben zu Krüppeln machen würden, wenn sie immer der Bequemlichkeit so nachgäben. Den

Praktikanten eine kleine Bewegung aufzutragen, war gewagt, einmal hatte einer etwas nur ein paar Schritte weit bringen sollen, war übereifrig hingelaufen und hatte sich am Pult das Knie wundgeschlagen. Das Zimmer war voll Näherinnen gewesen, die Pulte voll Ware, aber Blumfeld hatte alles vernachlässigen, den weinenden Praktikanten ins Bureau führen und ihm dort einen kleinen Verband machen müssen. Aber auch dieser Eifer der Praktikanten war nur äußerlich, wie richtige Kinder wollten sie sich manchmal auszeichnen, aber noch viel öfters oder vielmehr fast immer wollten sie die Aufmerksamkeit des Vorgesetzten nur täuschen und ihn betrügen. Zur Zeit der größten Arbeit war Blumfeld einmal schweißtriefend an ihnen vorübergejagt und hatte bemerkt, wie sie zwischen Warenballen versteckt Marken tauschten. Er hätte mit den Fäusten auf ihre Köpfe niederfahren wollen, für ein solches Verhalten wäre es die einzig mögliche Strafe gewesen, aber es waren

Kinder, Blumfeld konnte doch nicht Kinder totschlagen. Und so quälte er sich mit ihnen weiter. Ursprünglich hatte er sich vorgestellt, daß die Praktikanten ihn in den unmittelbaren Handreichungen unterstützen würden, welche zur Zeit der Warenverteilung so viel Anstrengung und Wachsamkeit erforderten. Er hatte gedacht, er würde etwa in der Mitte hinter dem Pult stehn, immer die Übersicht über alles behalten und die Eintragungen besorgen, während die Praktikanten nach seinem Befehl hin-

und herlaufen und alles verteilen würden. Er hatte sich vorgestellt, daß seine Beaufsichtigung, die, so scharf sie war, für ein solches Gedränge nicht genügen konnte, durch die Aufmerksamkeit der Praktikanten ergänzt werden würde und daß diese Praktikanten allmählich Erfahrungen sammeln, nicht in jeder Einzelheit auf seine Befehle angewiesen bleiben und endlich selbst lernen würden, die Näherinnen, was Warenbedarf und Vertrauenswürdigkeit anlangt, voneinander zu unterscheiden. An diesen Praktikanten gemessen, waren es ganz leere Hoffnungen gewesen, Blumfeld sah bald ein, daß er sie überhaupt mit den Näherinnen nicht reden lassen durfte. Zu manchen Näherinnen waren sie nämlich von allem Anfang gar nicht gegangen, weil sie Abneigung oder Angst vor ihnen gehabt hatten, andern dagegen, für welche sie Vorliebe hatten, waren sie oft bis zur Tür entgegengelaufen. Diesen brachten sie, was sie nur wünschten, drückten es ihnen, auch wenn die Näherinnen zur Empfangnahme berechtigt waren, mit einer Art Heimlichkeit in die Hände, sammelten in einem leeren Regal für diese Bevorzugten verschiedene Abschnitzel, wertlose Reste, aber doch auch noch brauchbare Kleinigkeiten, winkten ihnen damit hinter dem Rücken Blumfelds glückselig schon von weitem zu und bekamen dafür Bonbons in den Mund gesteckt. Blumfeld machte diesem Unwesen allerdings bald ein Ende und trieb sie, wenn die Näherinnen kamen, in den Verschlag. Aber noch lange hielten sie das für eine große Ungerechtigkeit, trotzten, zerbrachen mutwillig die Federn und klopften manchmal, ohne daß sie allerdings den Kopf zu heben wagten, laut an die Glasscheiben, um die Näherinnen auf die schlechte Behandlung aufmerksam zu machen, die sie ihrer Meinung nach von Blumfeld zu erleiden hatten.

Das Unrecht, das sie selbst begehn, das können sie nicht begreifen. So kommen sie zum Beispiel fast immer zu spät ins

Bureau. Blumfeld, ihr Vorgesetzter, der es von frühester Jugend an für selbstverständlich gehalten hat, daß man wenigstens eine halbe Stunde vor Bureaubeginn erscheint, – nicht Streberei, nicht übertriebenes Pflichtbewußtsein, nur ein gewisses Gefühl für Anstand veranlaßt ihn dazu, – Blumfeld muß auf seine Praktikanten meist länger als eine Stunde warten. Die Frühstücksemmel kauend steht er gewöhnlich hinter dem Pult im Saal und führt die Rechnungsabschlüsse in den kleinen Büchern der Näherinnen durch. Bald vertieft er sich in die Arbeit und denkt an nichts anderes. Da wird er plötzlich so erschreckt, daß ihm noch ein Weilchen danach die Feder in den Händen zittert. Der eine Praktikant ist hereingestürmt, es ist, als wolle er umfallen, mit einer Hand hält er sich irgendwo fest, mit der anderen drückt er die schwer atmende Brust – aber das Ganze bedeutet nichts weiter, als daß er wegen seines Zuspätkommens eine Entschuldigung vorbringt, die so lächerlich ist, daß sie Blumfeld absichtlich überhört, denn täte er es nicht, müßte er den Jungen verdienterweise prügeln. So aber sieht er ihn nur ein Weilchen an, zeigt dann mit ausgestreckter Hand auf den Verschlag und wendet sich wieder seiner Arbeit zu. Nun dürfte man doch erwarten, daß der Praktikant die Güte des Vorgesetzten einsieht und zu seinem Standort eilt. Nein, er eilt nicht, er tänzelt, er geht auf den Fußspitzen, jetzt Fuß vor Fuß. Will er seinen Vorgesetzten verlachen? Auch das nicht. Es ist nur wieder diese Mischung von Furcht und Selbstzufriedenheit, gegen die man wehrlos ist. Wie wäre es denn sonst zu erklären, daß Blumfeld heute, wo er doch selbst ungewöhnlich spät ins Bureau gekommen ist, jetzt nach langem Warten – zum Nachprüfen der Büchlein hat er keine Lust – durch die Staubwolken, die der unvernünftige Diener vor ihm mit dem Besen in die Höhe treibt, auf der Gasse die beiden Praktikanten erblickt, wie sie friedlich daherkommen. Sie halten sich fest umschlungen und scheinen einander wichtige Dinge zu erzählen, die aber gewiß mit dem Geschäft höchstens in einem unerlaubten Zusammenhange stehn. Je näher sie der Glastür kommen, desto mehr verlangsamen sie ihre Schritte. Endlich erfaßt der eine schon die Klinke, drückt sie aber nicht nieder, noch immer erzählen sie einander, hören zu und lachen. „Öffne doch unseren Herren“, schreit Blumfeld mit erhobenen Händen den Diener an. Aber als die Praktikanten eintreten, will Blumfeld nicht mehr zanken, antwortet auf ihren Gruß nicht und geht zu seinem Schreibtisch. Er beginnt zu rechnen, blickt aber manchmal auf, um zu sehn, was die Praktikanten machen. Der eine scheint sehr müde zu sein und reibt die Augen; als er seinen Überrock an den Nagel gehängt hat, benützt er die Gelegenheit und bleibt noch ein wenig an der Wand lehnen, auf der Gasse war er frisch, aber die Nähe der Arbeit macht ihn müde. Der andere Praktikant dagegen hat Lust zur

Arbeit, aber nur zu mancher. So ist es seit jeher sein Wunsch, auskehren zu dürfen. Nun ist das aber eine Arbeit, die ihm nicht gebührt, das Auskehren steht nur dem Diener zu; an und für sich hätte ja Blumfeld nichts dagegen, daß der Praktikant auskehrt, mag der Praktikant auskehren, schlechter als der Diener kann man es nicht machen, wenn aber der Praktikant auskehren will, dann soll er eben früher kommen, ehe der Diener zu kehren beginnt, und soll nicht die Zeit dazu verwenden, während er ausschließlich zu Bureauarbeiten verpflichtet ist. Wenn nun aber schon der kleine Junge jeder vernünftigen Überlegung unzugänglich ist, so könnte doch wenigstens der Diener, dieser halbblinde Greis, den der Chef gewiß in keiner andern Abteilung als in der Blumfelds dulden würde und der nur noch von Gottes und des Chefs Gnaden lebt, so könnte doch wenigstens dieser Diener nachgiebig sein und für einen Augenblick den Besen dem Jungen überlassen, der doch ungeschickt ist, gleich die Lust am Kehren verlieren und dem Diener mit dem Besen nachlaufen wird, um ihn wieder zum Kehren zu bewegen. Nun scheint aber der Diener gerade für das Kehren sich besonders verantwortlich zu fühlen, man sieht, wie er, kaum daß sich ihm der Junge nähert, den Besen mit den zitternden Händen besser zu fassen sucht, lieber steht er still und läßt das Kehren, um nur alle Aufmerksamkeit auf den Besitz des Besens richten zu können. Der Praktikant bittet nun nicht durch Worte, denn er fürchtet doch Blumfeld, welcher scheinbar rechnet, auch wären gewöhnliche Worte nutzlos, denn der Diener ist nur durch stärkstes Schreien zu erreichen. Der Praktikant zupft also zunächst den Diener am Ärmel. Der Diener weiß natürlich, um was es sich handelt, finster sieht er den Praktikanten an, schüttelt den Kopf und zieht den Besen näher, bis an die Brust. Nun faltet der Praktikant die Hände und bittet. Er hat allerdings keine Hoffnung, durch Bitten etwas zu erreichen, das Bitten belustigt ihn nur und deshalb bittet er. Der andere Praktikant begleitet den Vorgang mit leisem Lachen und glaubt offenbar, wenn auch unbegreiflicherweise, daß Blumfeld ihn nicht hört. Auf den Diener macht das Bitten nicht den geringsten Eindruck, er dreht sich um und glaubt jetzt den Besen in Sicherheit wieder gebrauchen zu können. Aber der Praktikant ist ihm auf den Fußspitzen hüpfend und die beiden Hände flehentlich aneinanderreibend gefolgt und bittet nun von dieser Seite.

Diese Wendungen des Dieners und das Nachhüpfen des Praktikanten wiederholen sich mehrmals. Schließlich fühlt sich der Diener von allen Seiten abgesperrt und merkt, was er bei einer nur ein wenig geringeren Einfalt gleich am Anfang hätte merken können, daß er früher ermüden wird als der Praktikant. Infolgedessen sucht er fremde Hilfe, droht dem Praktikanten mit dem Finger und zeigt auf Blumfeld, bei dem er, wenn der Praktikant nicht abläßt, Klage führen wird. Der Praktikant erkennt, daß er sich jetzt, wenn er überhaupt den Besen bekommen will, sehr beeilen muß, also greift er frech nach dem Besen. Ein unwillkürlicher Aufschrei des andern Praktikanten deutet die kommende Entscheidung an. Zwar rettet noch der Diener diesmal den Besen, indem er einen Schritt zurück macht und ihn nachzieht. Aber nun gibt der Praktikant nicht mehr nach, mit offenem Mund und blitzenden Augen springt er vor, der Diener will flüchten, aber seine alten Beine schlottern statt zu laufen, der

Praktikant reißt an dem Besen, und wenn er ihn auch nicht erfaßt, so erreicht er doch, daß der Besen fällt und damit ist er für den Diener verloren. Scheinbar allerdings auch für den Praktikanten, denn beim Fallen des Besens erstarren zunächst alle drei, die Praktikanten und der Diener, denn jetzt muß Blumfeld alles offenbar werden. Tatsächlich blickt Blumfeld an seinem Guckfenster auf, als sei er erst jetzt aufmerksam geworden, strenge und prüfend faßt er jeden ins Auge, auch der Besen auf dem Boden entgeht ihm nicht. Sei es, daß das Schweigen zu lange andauert, sei es, daß der schuldige Praktikant die Begierde zu kehren nicht unterdrücken kann, jedenfalls bückt er sich, allerdings sehr vorsichtig, als greife er nach einem Tier und nicht nach dem Besen, nimmt den Besen, streicht mit ihm über den Boden, wirft ihn aber sofort erschrocken weg, als Blumfeld aufspringt und aus dem Verschlage tritt. „Beide an die Arbeit und nicht mehr gemuckst", schreit Blumfeld und zeigt mit ausgestreckter Hand den beiden Praktikanten den Weg zu ihren Pulten. Sie folgen gleich, aber nicht etwa beschämt mit gesenkten Köpfen, vielmehr drehn sie sich steif an Blumfeld vorüber und sehn ihm starr in die Augen, als wollten sie ihn dadurch abhalten, sie zu schlagen. Und doch könnten sie durch die Erfahrung genügend darüber belehrt sein, daß Blumfeld grundsätzlich niemals schlägt. Aber sie sind überängstlich und suchen immer und ohne jedes Zartgefühl ihre wirklichen oder scheinbaren Rechte zu wahren.